VENTE

Du Samedi 12 Juin 1909

HOTEL DROUOT, SALLE N° 10

A DEUX HEURES

TABLEAUX

ANCIENS ET MODERNES

AQUARELLES — PASTELS — DESSINS

GRAVURES

Mᵉ F. LAIR-DUBREUIL

COMMISSAIRE-PRISEUR

M. GEORGES MEUSNIER

EXPERT PRÈS LE TRIBUNAL CIVIL.

CATALOGUE

DES

TABLEAUX

ANCIENS ET MODERNES

Aquarelles — Pastels — Dessins

Par ou attribués à :

CLAIRIN, CONSTANT (B.), CRAESBECKE, DEFAUX, DURAND-BRAGER,
GOUPIL, GOYEN (VAN), HUBERT ROBERT, INNOCENTI,
JACQUE (CH.), LAMBERT (EUG.), LELOIR, LEMAIRE (MAD.),
LUMINAIS, MARILHAT, MÉRY, NETTER (VAN),
POELENBURG, PRIOU, ROQUEPLAN, ROZIER, SCHENCK,
STEVENS (A.), TOULMOUCHE, VEZIEN, VOUET (S.), ETC., ETC.

ET DES ÉCOLES

ALLEMANDE, ANGLAISE, FLAMANDE, FRANÇAISE, HOLLANDAISE ET ITALIENNE

GRAVURES — LITHOGRAPHIES

Dont la vente aux enchères publiques aura lieu

HOTEL DROUOT, SALLE N° 10

Le Samedi 12 Juin 1909

à deux heures

M⁰ F. LAIR-DUBREUIL	M. Georges MEUSNIER
COMMISSAIRE-PRISEUR	EXPERT PRÈS LE TRIBUNAL CIVIL
6, rue Favart	22, rue Saint-Augustin

EXPOSITION PUBLIQUE

Le Vendredi 11 Juin 1909, de 2 heures à 6 heures

CONDITIONS DE LA VENTE

Elle sera faite au comptant.

Les adjudicataires paieront *dix pour cent* en sus des enchères.

Paris — Imp, de l'Art, Ch. Berger, 41, rue de la Victoire.

DÉSIGNATION

CHARPENTIER (E.), 1840

1 — *Portrait d'Homme.*

    Étude faite au Maroc.

CLAIRIN (G.)

2 — *Profil d'écuyère.*

    Croquis à la mine de plomb.

CLAIRIN (G.)

3 — *La Jolie Bouquetière.*

CONSTANT (B.)

4 — *Au Bord d'un ruisseau.*

    Fusain rehaussé.

COURANT (Maurice)

5 — *Retour de pêche.*

    Peinture sur panneau.

COURTOIS dit Le Bourguignon (Att. à J.)

6 — *Combat de cavalerie.*

CRAESBECKE (Attribué à)

7 — *Conversation galante chez le forgeron.*

C. M.

8 — *L'Ogre et le Petit Poucet.*
Signé : *C. M.*

DECAMPS (D'après)

9 — *Le Rémouleur.*
Toile. Haut., 43 cent. ; larg., 35 cent.

DEFAUX

10 — *Le Poulailler.*

DUPUIS (J.)

11 — *Le Déjeuner aux champs.*
Toile. Haut., 55 cent.; larg., 45 cent.

DURAND-BRAGER

12 — *Le Golfe de Naples.*
Bois. Haut., 45 cent.; larg., 68 cent.

DURIEUX (J.)

13 — *Le Peintre et son modèle.*
Toile. Haut., 31 cent.; larg., 21 cent.

ELSHEIMER (Att. à A.)

14 — *Moïse frappant le rocher.*
Cuivre. Haut., 23 cent.; larg., 30 cent.

GAUF (G.)

15 — *Au Bois de Boulogne.*
Aquarelle.

GAUF (G.)

16 — *Méme sujet.*

Aqnarelle.

GIORGIONE (Attribué à)

17 — *Portrait d'un Jeune Vénitien.*

Cadre italien en bois sculpté.

GOUPIL (Léon)

18 — *Louis XVI et le Dauphin à la prison du Temple.*

Haut., 55 cent.; larg., 40 cent.

GOYEN (Attribué à Van)

19 — *La Rentrée au Port.*

Bois. Haut., 40 cent.; larg., 70 cent.

GREUZE (D'après J.-B.)

20 — *Téte d'expression.*

GUIDO RENI (École de)

21 — *David vainqueur.*

HUBERT-ROBERT (Attribué à)

22 — *Paysage animé représentant une grange auprès d'un temple.*

Bois. Haut., 40 cent.; larg., 31 cent.

HUBERT-ROBERT (Genre de)

23 — *Paysage avec petites figures antiques.*

Toile. Haut., 32 cent.; larg., 22 cent.

HUYSMANS

24 — *Joueuse de mandoline dans un paysage.*

Bois. Haut., 52 cent.; larg., 40 cent.

INNOCENTI

25 — *Le Porte-étendard.*

    Peinture sur panneau.

26 — *Chasse au Texas.*

INCONNU

27 — *Étude de cheval.*

    Bois.

28 — *Deux études de chevaux.*

    Bois.

29 — *Paysage.*

    Étude sur carton.

30 — *Étude de paysage.*

    Genre Corot.

31 — *Vision du Christ* (légende de sainte Véronique.

32 — *Amours tenant une guirlande de fleurs.*

    Toile Haut., 73 cent.; larg., 53 cent.

33 — *Sainte Geneviève, patronne de Paris.*

    Toile. Haut., 70 cent.; larg., 32 cent.

34 — *La Madeleine.*

35 — *Portrait d'Homme.*

    Aquarelle.

JACQUE (Ch.)

36 — *Croquis à la mine de plomb.*

JEANNIN

37 — *Les Roses.*

    Peinture sur panneau.

LAMBERT (Eug.)

38 — *Deux études de nature morte.*
Aquarelle.

LAPIERRE (E.)

39 — *Promenade dans un parc.*

LARD (M.)

40 — *La Femme à l'éventail.*
Pastel.

LELOIR (Louis)

41 — *Grande esquisse pour ses Charmeurs de serpents ».*

LEMAIRE (Madeleine)

42 — *Le Messager.*
Dessin à la plume.

LEMAIRE (Suzanne)

43 — *Le Mimosa.*
Aquarelle.

LUMINAIS

44 — *Étude de chiens.*

VITAL-LUMINAIS

45 — *Étude en forêt.*
Signé : *V. L.*
Au dos est écrit : *Vente Luminais.*

MARILHAT (P.)

46 — *Le Repos de la caravane.*
Dessin à la mine de plomb.

MARKE (Mᴵᴱ Vᴀɴ), née Rᴏʙᴇʀᴛ, 1839

47 — *Bouquet de fleurs dans un vase.*

> Toile. Haut., 45 cent.; larg., 35 cent.

MÉROSINTO (D'après Eɴɢʟᴇʜᴇᴀʀᴛ)

48 — *Portrait de Mrs Mills.*

MÉRY

49 — *Poule attaquant un porte-monnaie.*

Gouache.

MÉRY

50 — *Étude d'écureuil.*

Gouache.

MILLET (Fʀᴀɴᴄɪsǫᴜᴇ)

51 — *Paysage historique.*

> Bois. Haut., 56 cent.; larg., 82 cent.

MOINE (Lᴏᴜɪsᴇ)

52 — *Scène champêtre.*

Pastel.

MOORMANS (Fʀᴀɴᴢ)

53 — *Nature morte.*

MOTTI (J.)

54 — *A Venise.*

> Haut., 68 cent.; larg., 49 cent.

MOUROLIN (J.)

55 — *Le Panier de violettes.*

Aquarelle.

NETEN (Att. à Lucas Van)

56 — *Le Miracle de Saint François-Xavier.*

Haut., 32 cent. ; larg., 22 cent.

POELENBURG (Att. à C. Van)

57 — *Diane et Callisto.*

Toile. Haut., 32 cent.; larg., 34 cent.

PRIOU (Louis)

58 — *Duo d'Amour aux jardins de Florence.*

ROQUEPLAN (Att. à C.)

59 — *La Cueillette des Pommes.*

ROUGERON (S.)

60 — *Étude de Jeune femme, vue de profil.*

Toile. Haut., 60 cent.; larg., 50 cent.

ROZIER (A.)

61 — *Marée basse.*

ROZIER (Dominique)

62 — *Pivoines et œillets.*

Peinture sur panneau.

SCHESFOUT (A.)

63 — *Le Pâturage.*

64 — *Le Retour des champs.*

SCHENCK

65 — *Moutons par la neige.*

Étude faite dans la montagne.
Panneau.

STEVENS (Alfred)

66 — *Étude en prairie normande.*

Peinture sur panneau.

LE TINTORET (D'après)

67 — *Portrait d'Homme.*

Cadre italien en bois sculpté.

TOULMOUCHE (A.) (?)

68 — *Étude pour le départ des hirondelles.*

VANIER (N.)

69 — *La Lecture interrompue.*

70 — *La Conversation.*

VEZIEN (Victor)

71 — *Bruyères en fleurs.*

VOUET (Attribué à Simon)

72 — *La Toilette de Vénus.*

A. V.

73 — *Étude de paysage.*

Signée : *A. V.*, *1853.*

WILLETTE (A.)

74 — *L'Ecuyère.*

Dessin à la plume.

ÉCOLE ALLEMANDE

75 — *Jeune enfant jouant avec un chien.*

Toile. Haut., 33 cent.; larg., 27 cent.

ÉCOLE ANGLAISE

76 — *Portrait de Jeune Fille.*

Coiffée d'un chapeau de paille, elle tient un petit chien au bras.

ÉCOLE FLAMANDE (xviiᵉ siècle)

77 — *Le Mauvais Conseil.*

Toile. Haut., 5o cent.; larg., 41 cent.

78 — *Motif de décoration florale dans un parc.*

Signé à gauche : *S. Gasniqs.*

ÉCOLE FLAMANDE (xviiᵉ siècle)

79 — *La Bonne Ménagère.*

Bois. Haut., 21 cent.; larg., 16 cent.

ÉCOLE FLAMANDE (xixᵉ siècle)

80 — *La Visite à l'Ermite.*

Bois. Haut., 35 cent.; larg., 25 cent.

ÉCOLE FLAMANDE

81 — *Une Fille de Henri IV.*

Toile. Haut., 70 cent.; larg., 54 cent.

82 — *Le Vieux Pont.*

Paysage animé, moutons au premier plan.

Bois. Haut., 3o cent.; larg., 40 cent.

83 — *La Vierge et l'Enfant.*

Bois. Haut., 36 cent.; larg., 21 cent.

ÉCOLE FLAMANDE

84 — *Le Fumeur*. (Genre de Teniers.)

> Bois. Haut., 23 cent.; larg., 19 cent.

85 — *Combat de cavalerie*.

> Bois. Haut., 17 cent.; larg., 20 cent.

86 — *Les Musiciens au cabaret*. (Suite de Brau-
wer.)

> Bois. Haut., 22 cent.; larg., 18 cent.

87 — *La Noce au village*.

> Estampe en couleur.

88 — *L'Arbre mort ; paysage*.

89-90 — *Deux médaillons grisaille*.

> Peintures sur panneaux.

ÉCOLE DES FLANDRES FRANÇAISES

91 — *Retour de pêche*.

> Peinture sur cuivre.

92 — *L'Embarquement*.

ÉCOLE FRANÇAISE

93 — *Paysage, vue prise à Rouen*.

94 — *Paysage*.

95 — *Étude de paysage, lisière d'un bois*.

96 — *Paysage au bord de la Seine*.

97 — *Paysage au soleil couchant*.

98 — *Paysage, effet du soir*.

ÉCOLE FRANÇAISE

99 — *Nature morte : Étude de canards.*
    Signée : *T. D., 1784.*

100 — *Vénus et Adonis.*

101 — *L'Homme à la pipe.*

102 — *Jeune Femme respirant une fleur.*

103 — *Bateau s'échouant au rivage.*
    Bois. Haut., 55 cent.; larg., 38 cent.

104 — *Portrait de Jeune femme.*
    Pastel.

105 — *La Madeleine,* tête d'expression.

ÉCOLE FRANÇAISE (Dite de 1830)

106 — *Les Adultères.*

ÉCOLE FRANÇAISE (xviie siècle)

107 — *Portrait d'Homme.*

ÉCOLE FRANÇAISE (xviiie siècle)

108 — *Portrait d'Homme.*
    Toile. Haut., 64 cent.; larg., 47 cent.

109 — *La Cage.*
    Composition de trois figures et de moutons au premier plan.
    Toile. Haut., 75 cent.; larg., 60 cent.

ÉCOLE HOLLANDAISE

110 — *Étude de moutons.*

111 — *Vue d'un port.*

> Bois. Haut., 44 cent.; larg., 36 cent.

112-113 — *Deux Vues en Hollande.*
> Peintures sur métal.

114 — *Le Repos des paysans.*

> Bois. Haut., 66 cent.; larg., 35 cent.

ÉCOLE ITALIENNE

115 — *Jésus, saint Jean, la Vierge et sainte Élisabeth.*

116 — *Sainte Famille.*

> Panneau parqueté.

117 — *Bacchus enfant.*

ÉCOLE MODERNE

118 — *Paysage.* (Genre Corot.)

119 — *Jeune Femme tenant un chien.*
> Pastel.

120 — *Nature morte : Raisins et fruits divers.*
> Toile. Haut., 62 cent.; larg., 80 cent.

121 — *Paysage animé.*

> Haut., 23 cent.; larg., 28 cent.

ÉCOLE MODERNE

122 — *Marine.*

> Haut., 26 cent.; larg., 36 cent.

123 — *Vaches buvant, à l'orée d'un bois.*

> Haut., 25 cent.; larg., 19 cent.

124 — *La Vierge.*

Pastel.

ECOLE ROMAINE

125 — *La Vierge et le divin Enfant.*

GRAVURES, LITHOGRAPHIES

ÉCOLE ALLEMANDE

DELFOS, d'après Berghem

126 — *Der Morgen.*

127 — *Der Mittag.*

Gravures en couleur.

SCHUBERT, d'après E. de Bloch

128 — *Deux Lithographies.*

ÉCOLE ANGLAISE

LAWREINCE (D'après)

129-130 — *Deux gravures en couleur.*

GREUZE (D'après)

131-132 — *Deux gravures en couleur.*

MORLAND (D'après)

133 — *Six gravures*, par BERTOLESI.

134 — *Le Baiser.*

  Lithographie rehaussée d'aquarelle.

TUERLINCK, d'après CH. VERLAT

135 — *Lithographie.*

CLAESSENS, d'après JEAN STEEN

136 — *Le Villageois en belle humeur.*

  Gravure.

FAGEL (D'après ROGER)

137 — *Le Tambour de village.*

  Gravure.

INCONNU

138 — *Le Messager.*

  Lithographie de forme ovale.

LASSERES

139 — *Kinzingen.* — *Waterloo.* — *Brevio.* —
Marengo.

  Lithographies rehaussées d'aquarelle.

MOREL (ALEX.), d'après L. DAVID

140 — *Le Serment des Horaces.*

  Gravure.

RED.:

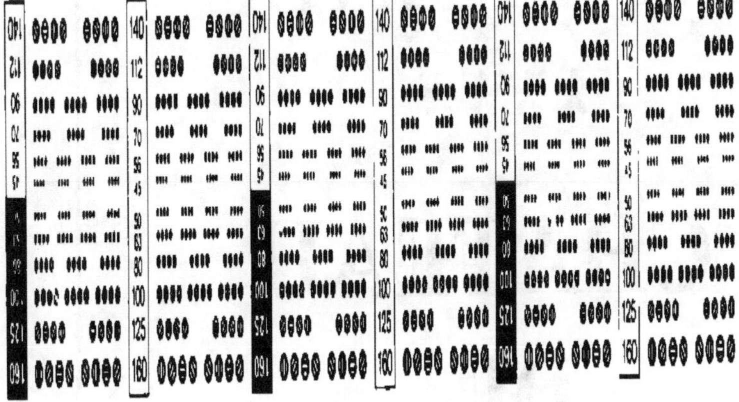

MIRE ISO N° 1
NF Z 43-007
AFNOR
Cedex 7 - 92080 PARIS-LA-DÉFENSE

379.89.70
graphicom

BIBLIOTHEQUE NATIONALE DE FRANCE

****

CHATEAU DE SABLE

1996